Thomas Jammers

Opa

Jaspers
Weihnachtswunschpunsch

Geschichte

Impressum

© 2020 Thomas Jammers, t.jammers@web.de

Herstellung und Verlag: BoD – Books on Demand, Norderstedt

ISBN: 978-3752628951

Inhaltsverzeichnis

Opa Jaspers Weihnachtswunschpunschgeschichte oder „Das ist bestimmt 10 Tausend Millionen Euro wert

In meiner Kindheit war es stets so, dass Opa Jasper in seinem alten filzüberzogenen Ohrensessel saß und leise vor sich hinschlummerte, während wir Kinder mit Oma Elli Plätzchen in der Küche buken.

Draußen schneite es leise vor sich hin, meistens pfiff der starke Winterwind ums Haus und im Kamin knisterte und knallte das Holz vor sich hin, dass es eine Freude war. In der Küche hatte Oma Elli den alten Bollerofen angeheizt und während wir die Plätzchen ausstachen und den Teig naschten lief auf dem alten Schallplattenspieler ein Weihnachtschoral oder der kleine Trommler. Das war in der Woche vor Weihnachten so Usus bei uns und hatte schon eine sehr lange und alte Tradition.

Schon meine Mutter hatte mit ihrer Großmutter immer gebacken und die Großmutter meiner Großmutter. Sie benutzten stets dieselben alten Rezepte und auch noch die alten Waffeleisen und Backformen aus Holz und Eisen. Nach dem backen gingen wir dann immer zu Opa Jasper in die gute Stube.

Meistens war das Lied zu Ende und die Nadel vom Plattenspieler kratzte am Ende der Aufnahme über die Platte und wir stellten den Nadel Arm wieder zurück in die Anfangsposition.

Sanft schnarchte Opa Jasper vor sich hin und wenn wir den Plattenspieler ausgemacht hatten versammelten wir uns um seine Beine die eine Decke verhüllte und riefen: „Eine Geschichte Opa Jasper, eine Weihnachtsgeschichte bitte, bitte".

Wir, dass waren mein Bruder Klaus und Ich. Opa Jasper schaute dann etwas verschlafen auf, lächelte uns an und rief dann die Großmutter heran. „Und Mutter hast du mir auch meinen Weihnachtswunschpunsch gekocht", denn ohne Weihnachtswunschpunsch kann ich den Kindern keine Weihnachtsgeschichte erzählen". Oma rief dann von der Küche herüber, dass sie das machen werde und solange mussten wir Kinder uns eben gedulden.

Nach kurzer Zeit stellte sie uns einen Teller der randvoll gefüllt war mit allerlei Weihnachtsgebäck, Vanillekipferln, Bruchschokolade, Printen, Lebkuchen und Mandarinen auf den Boden zwischen uns und während wir die kleinen Köstlichkeiten naschten, bekam Opa Jasper seinen Weihnachtswunschpunsch serviert und er begann uns leise und mit einem wohltuenden sonoren Klang eine Geschichte zu erzählen.

Während wir lauschten und uns die wohlige Hitze des Kamins müde machte und uns den Rücken wärmte. Nach der Geschichte ging es zum Zähne putzen und waschen und dann ins Bett.

Wir haben nie erfahren was der Weihnachtswunschpunsch war, wir wussten nur, es war hellbraun und mit Sahne versehen aber es war weder Kaffee noch Tee, aber es roch immer sehr lecker, nach Mandelkern, Nüssen, Karamell, Kardamom und Zimtblüte.

Eiskristalle bildeten sich an den Fenstern und der Schnee fiel leise und beständig. Weihnachten stand vor der Tür, es war der 19.Dezember und wie immer eine Woche vor Weihnachten besuchten wir meine Großeltern und hörten jeden Abend Weihnachtswunschpunschgeschichten von Opa Jasper und aßen Kekse und Gebäck vor dem Kamin, lauschten den Worten des Großvaters und seinen tollen und abenteuerlichen Geschichten bis uns vor Müdigkeit die Augen zu fielen oder Opa zu viel Weihnachts- wunschpunsch getrunken hatte und er ebenfalls einnickte.

Immer und Immer wieder Jahr für Jahr saßen wir da bis eines Tages Opa Jasper von uns gegangen war. Niemand erzählte mehr Geschichten, alles verlief sich im Stress und der Hektik der Vorweihnachtszeit.

Nie mehr war es so und nie mehr würde es so sein bis, ja bis.. ich weiß nicht, dass ist es, was ich euch wohl erzählen sollte. Bis heute, denn heute sitze ich selbst in Opa Jaspers filzigem Ohrensessel und meine Enkel hocken heute Abend vor meinen Beinen, hinter Ihnen knackt das Holz leise im Kamin und auf dem Plattenspieler wird der kleine Trommler laufen oder ein Weihnachtschoral, doch ich weiß keine Geschichte für meine Enkel und das ist mein Dilemma.

Ich werde dasitzen und schweigen, weil mir partout keine Weihnachtsgeschichte einfallen will. Und schon gar keine die auch annähernd so toll wäre, wie die, die Opa Jasper uns erzählt hat.

Während ich da im Sessel saß und mir den Kopf zermarterte was ich denn erzählen könnte, da geschieht es plötzlich. Mein ganz persönliches kleines Weihnachtswunder.

Es kommt durch die Wohnzimmertür hereingestürzt und schwenkt freudestrahlend seinen gefundenen Schatz mit sich den es auf dem Dachboden entdeckt hat.

„Opa, Opa schau nur was ich auf dem Dachboden gefunden habe". Dabei schwenkt mein Enkel Leon, fünf Jahre, ein kleines goldenes Metallstück zwischen seinen Fingern der rechten Hand. Ein Schatz, sieh nur echtes Gold, das ist bestimmt 10Tausend Millionen Euro wert. Pah das ist gar nichts, ruft meine kleine Enkelin Eloise, die hinter Leon ins Wohnzimmer stürmt. Oma Sabine sagt, ich habe hier eine Troddel die zu einem Zauberinstrument gehört welches die tollsten Stücke spielen kann.

Das ist viel mehr wert als dein doofes Geld. Was sind schon tausend Millionen. 10Tausend Millionen verteidigt Leon seinen Schatz. Das ist mehr als dein blödes Stück Stoff. Meins glitzert und ist aus Gold. Und jeder Doofi weiß doch das Gold viel wertvoller ist als Stoff. Blöde Kuh!

Na jetzt ist aber Ruhe hier, gehe ich dazwischen, so nicht, nicht in diesem Ton, junger Mann, höre ich mich sagen. Ich verlange von Leon, dass er sich bei seiner Schwester entschuldigt, was er auch macht, wenn auch unter murren und dann betrachte ich mir die kostbaren Schätze der Beiden.

Leon hält mir ein vergoldetes Mundstück einer Trompete entgegen und Eloise eine staubige kleine rote Troddel die sicher mal an der Trompete hing. "Wo ist denn der Rest von eurem Schatz" frage ich. Da war nichts mehr sagen sie beide gleichzeitig. Wir haben mit Oma auf dem Dachboden gestöbert und Weihnachtssachen für den Baum geholt und dabei eine alte Truhe entdeckt und dann haben wir den Schatz darin gefunden.

„Das ist doch ein Schatz nicht war Opa?" „Sicher sage ich, ein ganz wertvolle sogar". Sie reichen mir Ihre Kostbarkeiten während meiner Frau schwer bepackt mit Weihnachtsdeko für den Baum im Türrahmen der Wohnzimmertür auftaucht. So, so ihr habt also einen Schatz gefunden, sagt Sie.

Lasst doch mal sehen ihr wart ja eben so schnell vom Dachboden verschwunden. Ich dachte ihr helft mir beim runtertragen. Ich halte die Dinge hoch und zeige sie ihr. "Nur angucken sage ich und zwinkere mit dem rechten Auge zu Ihr, nicht anfassen!"

„Oma hat gesagt" sprudelt es aus Beiden raus. dass du uns dazu was sagen kannst so wie früher Uropa Jasper. Erzähl uns doch davon. Och bitte Opa erzählen, erzählen, erzählen rufen sie und meine Frau, die beste Ehefrau von allen, stimmt mit ein. Erzählen, erzählen und grinst diabolisch.

Beruhigend hebe ich die Hände. Ist ja gut, das kann ich aber nur, wenn ich Opa Jaspers Weihnachtswunsch-punsch trinke und das Rezept hat die Uroma und Uropa Jasper uns leider nicht hinterlassen. Wenn die Oma aber dieses Rezept finden sollte wäre ich natürlich bereit eine Weihnachtswunschpunsch-geschichte zu erzählen in der die Sachen die ihr gefunden habt auch drin vorkommen, damit ihr wisst was es damit auf sich hat. Das diabolische Grinsen meiner Frau verschwand für einen kurzen Augenblick aus Ihren Mundwinkeln und wandelte sich in ein leicht böses funkeln. Die Gesichter der Kinder wurden immer enttäuschter und länger.

Weihnachtswunschpunsch, sagte die beste Ehefrau von Allen. Kein Problem Kinder.

Weihnachtswunschpunsch ist doch eine meiner leichtesten Übungen. „Oh ja bitte Oma" rufen die Beiden.

Meine Frau geht schwer bepackt durch die Wohnstube in die Küche und ruft im Vorbeigehen; „So, so, Weihnachtswunschpunsch ala Opa Jasper. Hmm, mal sehen. Wo war das noch, das Weihnachtswunsch-punschrezept?"

Grinsend verschwindet sie in der Küchentür. Mir schwant nichts Gutes.

Während meine Frau in der Küche rumfuhrwerkt, mache ich den Kamin an und schon nach kurzer Zeit knistert es darin. Wie auf Bestellung hat es draußen angefangen zu schneien, wild stieben die Flocken durch die Luft, der heftige Winterwind lässt sie nicht zur Ruhe kommen. Die Kinder muckeln sich in ihre Decken ein und schauen verträumt in die Flammen des Kamins, das Holz knackt leise vor sich hin.

Ich stelle den Plattenspieler an und setze mich wieder in Opa Jaspers Ohrensessel, während meine Frau zusammenbraut, was zusammengebraut werden muss. Für einen kurzen Augenblick muss ich wohl eingedöst sein.

Es klingelt an der Haustür und ich schrecke hoch. Mein Bruder erscheint in der Wohnstube und mit ihm seine Frau Anne und seine Enkel Max und Clarissa. Fünf und Sieben Jahre alt.

Die Kleinen setzen sich ebenfalls vor den Kamin, während mein Bruder mit seiner Frau am Esstisch neben der alten Standuhr einen Platz findet. Die beste Ehefrau von allen kommt mit einem kleinen Tablett in der Hand rein und serviert vollmundig Wunschpunsch a`la Opa Jasper für die Erwachsenen. Ein Duft wie damals in unseren Kindertagen ergießt sich in die Wohnstube und steigt mir in die Nase ich rieche wieder Mandelduft, Karamell, Kardamom und Zimtblüte.

Eine Geschichte, jetzt, rufen die Kinder wieder und wieder. Mein Bruder, seine Frau und meine Frau stimmen mit ein. Also gut sage ich, eine Geschichte:

„Es war einmal eine kleine Trompete, die konnte vom Dachbalken aus, an dem Sie hing direkt auf den Wipperfürther Marktplatz mit den großen Kopfstein-pflastersteinen blicken. Sie sah die lustigen schön weihnachtlich geschmückten und beleuchteten Häuser aus Fach- und Mauerwerk.

Unten am Marktplatz war immer etwas los und die Trompete konnte alles überblicken, während die alte Truhe nicht so weit schauen konnte. So erzählte Sie was so los war auf dem Marktplatz und im Städtchen.

Die alte Truhe war mit Sachen aus Ur-Omas Zeiten gefüllt. Sie und die kleine glanzlose Messingtrompete lebten schon seit vielen Jahren hier oben auf dem Spitzboden des alten Stadtapothekers Jasper Jorgeleit. Man hatte sie einfach vergessen und nie fand einer den steilen Weg die Stiege zu Ihnen hinauf, weder die Kinder des Apothekers, noch die Lehrlinge. Es war gut, dass sie zu zweit waren.

Aber der kleinen Trompete ging es gar nicht gut. Einer der Herbststürme hatte das Dachluken Fenster vor dem Sie baumelte eingedrückt und der kalte Dezemberwind blies ihr kräftig in Ihren schmalen Hals. Die alte Truhe meinte, dass der alte Jasper ruhig mal wieder einen seiner Lehrbuben hinaufschicken sollte und ihr einen heißen Brusttee aufgießen müsse, doch nichts dergleichen passierte.

Die Truhe hatte gut reden. Sie wärmte ja Ur-Oma`s Sachen von innen. Immer kälter wurde es auf dem Dachboden und eines Morgens als die Truhe und die Trompete aufwachten hatte es draußen geschneit und die lustigen bunten Häuser sahen aus wie gepudert. Hübsch anzuschauen, mit ihren tief herabgezogenen Dächern. Wie weiße Pelzmützen.

Es muss bald Weihnachten sein, meinte die kleine Trompete und dachte wehmütig an längst vergangene Zeiten, als auf Ihr der Stadtapotheker noch die schönsten Weihnachtschoräle geblasen hatte. Jetzt war sie stumpf und ohne Glanz. Ihr Mundstück war abgefallen und ihre dicke rote Troddel die sie so schön geschmückt hatte, ihr ganzer Stolz, war grau vor Dreck und Staub. Nein mit Ihr konnte man wirklich keinem mehr Ehre machen.

Und wer jetzt gesehen hatte wie ein paar geschmolzene Schneeflocken von ihr abfielen, der meinte das die kleine Messingtrompete am Weinen wäre.

Weihnachten! Ach wie lange war das schon her. Nichts wünschte sie sich sehnlicher als noch mal ein richtiges Weihnachtsfest zu erleben statt auf dem Dachboden zu hängen. Vor lauter Kummer schwenkte die Trompete gedankenverloren hin und her, immer schneller und schneller.

Ein Windzug blies ins Fenster und die kleine Trompete schaukelte noch heftiger als zuvor am Balken entlang.

Pass auf, fall nicht raus, rief die alte Truhe. Wieder blies ein Windzug heftiger als der vorherige durch das offene Dachluken Fenster und über das Gebälk.

Mit einem lauten Ratsch und Holterdiepolter fiel die kleine Messingtrompete vom Balken und verfing sich in der defekten Fensterluke. Sie blieb leicht quer drinstecken. Hui was pfiff der Wind hier vorn, aber von hier konnte man noch viel mehr sehen was draußen geschah. He pass auf, fall nicht raus vor lauter Neugier, rief die Truhe abermals.

Aber obwohl es hier draußen noch kälter war als auf dem Dachboden am Balken, lachte die kleine Trompete nur.

Unter ihr auf dem Marktplatz bauten gerade zwei Jungen einen riesigen Schneemann. Der stand an jedem Christabend hier, direkt neben der großen alten geschmückten Tanne. Vor Ihr und vor dem Schneemann stellten sich dann die Wipperfürther Ratsbläser auf und spielten und sangen Weihnachtslieder.

Die Ratsbläser das waren elf Jungen und Mädchen die zusammen mit Ihrem Lehrer, Herr Stoppenbach, an jedem Heiligen Abend alte Weisen in den Straßen und Gassen rund um den Marktplatz der Stadt spielten und sangen. Ohne sie gab es kein Weihnachtsfest.

Und die beiden Buben die hier an Ihrem Schneemann bauten waren zwei von den Elfen.

Du sprach Thomas, er war der Sohn des Stadtapothekers, der dem Schneemann gerade eine dicke Mohrrübe als Nase ins Gesicht drückte, Lehrer Stoppenbach hat gemeint im nächsten Jahr sollten wir auch auf eine Trompete sparen damit einer dann blasen kann, um die Anderen dann bei ihrem Spiel zu begleiten, während der der Rest singt. Wir sind ja schließlich die Ratsbläser."

Sein Freund Andi nickte. „Ja fein wäre es schon. Ich würde so gerne Trompete spielen, aber sie ist so teuer. Meine Mutter ist alleinerziehend und da kann sie sich das nicht leisten mir eine Trompete zu kaufen".

Thomas nickte. Andi war schon seit den frühesten Kindheitstagen sein bester Freund. Andi setzte seine Hände an den Mund als würde er eine Trompete halten und blies kräftig hinein in seine imaginäre Lufttrompete.

Thomas schaute ihn an, lachte. „Ja so ähnlich müsste es wohlklingen, aber eine richtige Trompete wäre natürlich noch viel besser und viel schöner, sagte er".

Auch die kleine Trompete dachte wie schön das wohl Klingen würde, ach könnte sie doch nur runter zu den beiden Buben. Aber sie hing soweit über Ihnen hilflos oben im Fenster, ein kleiner Schneekristall tropfte aus ihrem Hals und fiel auf das Fenstersims. Was könnten wir zusammen für schöne Weihnachtslieder spielen.

Ob der Wind Gedanken lesen konnte. Hatte er erraten was die kleine Trompete dachte, die er lachend hin und her schaukelte.

Mit einem Satz packte er sie riss sie vom Fensterkreuz von ihrem kleinen morschen Troddel Band und in hohem Bogen flog die kleine Messingtrompete hinunter und fiel weich und sanft in den Schnee. Genau vor die Füße von Thomas und Andi.

„Mensch schau nur", brüllte Andi vor Freude und grub die kleine Trompete in Windeseile aus dem tiefen Schnee.

Neugierig betrachtete er sie von allen Seiten, während Thomas sich umblickte und in die Luft schaute. Verlegen kratzte er sich am Kopf. Wo war die nur hergekommen?

„Da fehlt das Mundstück" rief Andi immer noch freudig erregt und freudestrahlend, aber das können wir bestimmt ersetzen und eine Troddel soll sie kriegen aus rotem Samt". „Knallrot, wie unsere Uniformen", rief Thomas, den nun auch die Begeisterung gepackt hatte.

„Ja genau". Komm wir bringen sie zum Lehrer Stoppenbach in die Marktstraße und flugs verschwanden die zwei Buben und mit ihnen die kleine Messingtrompete.

„Noch lange Zeit hat die kleine Trompete von da an Ihren Dienst getan und zu Weihnachten wurden auf Ihr alte Weisen, Weihnachtslieder und Weihnachtschoräle gespielt. Und nur Andreas durfte sie spielen, niemand sonst" „Ende".

„Das war aber eine schöne Geschichte riefen die Kinder gleichzeitig!" Ich blickte auf die Standuhr, so nun wird's aber Zeit fürs Bett sagte ich und Max und Clarissa müssen jetzt bestimmt auch nach Hause." Morgen erzählst du uns aber eine neue Geschichte Opa." „Sicher sagte ich und war froh überhaupt eine Geschichte zu haben die Ihnen gefallen hatte. Wenn Oma wieder so einen tollen Opa Jasper Weihnachtswunschpunsch zaubert.

Die Familie verabschiedete sich und meine Enkel gaben mir einen Gute Nacht Kuss und die Oma brachte sie zu Bett.

Als meine Frau wieder kam sagte sie: „Das war aber wirklich eine sehr schöne Geschichte". „Danke sehr" sagte ich, aber der Wunschpunsch war auch nicht ohne, was war das denn?"

„Heißer Amaretto mit Sahne" sagte mir die beste Ehefrau von Allen.

Am nächsten Tag ging ich mit dem Mundstück und der Troddel zur Mutter meines besten Freundes. Ich erzählte ihr die Geschichte und zusammen brachten wir die Sachen zu Andi auf den Friedhof. Er war vor vier Jahren gestorben am 19. Dezember. Sein Mundstück und seine Troddel haben jetzt einen Ehrenplatz auf seinem Grab gefunden und wenn man genau hinhört, wenn man ihn dort besucht, dann spielt und singt die kleine Messingtrompete zusammen mit Andi Weihnachtslieder und Choräle die der Wind von Grab zu Grab trägt.

Frohe Weihnachten

In Gedenken an Andreas Frohnhaus

Hier könnt Ihr wenn ihr möchtet ein Bild von Opa Jasper, oder seinem Schaukelstuhl oder den Kamin malen. Oder auch etwas ganz Anderes.

Die Geschichte der heiligen Maus von Bethlehem oder warum Engel auch mal Fehler machen

Die bevorstehende Geburt des Christkinds bereitete den Engeln ziemliches Kopfzerbrechen. Sie mussten nämlich bei ihren Planungen sehr vorsichtig sein, damit die Menschen auf Erden nichts davon bemerkten. Denn schließlich sollte das Kind in aller Stille geboren werden und nicht einen Betrieb um sich haben, wie er in Nazareth auf dem Wochenmarkt herrschte.

Probleme gab es auch bei der Innenausstattung des Stalles von Bethlehem. An der **Futterraufe, einem Gestell für Heu oder Gras, damit die Tiere ihr Futter finden,** lockerte sich ein Brett aber hat jemand schon einmal einen Engel mit Hammer und Nagel gesehen?

Das Stroh für das Krippenbett fühlte sich hart an, das Heu duftete nicht gut genug und in der Stalllaterne fehlte das Öl. Aber auch was die Tiere anbetraf, gab es allerhand zu bedenken. Genau an dem für den Engelschor auserwählten Platz hing ein Wespennest. Das musste ausquartiert werden. Denn wer weiß, ob Wespen einsichtig genug sind um das Wunder der Heiligen Nacht zu begreifen? Die Fliegen, die sich Ochse und Esel zugesellt hatten, sollten dem göttlichen Kind nicht um das Näslein summen oder es gar im Schlafe stören. Nein, kein Tier durften die Engel vergessen welches in der hochheiligen Nacht Unannehmlichkeiten bereiten könnte.

Unter dem Fußboden im Stall wohnte eine kleine Maus. Es war ein lustiges Mäuslein, das sich nicht so schnell aus der Ruhe bringen ließ, höchstens wenn die Katze hinter ihr her war. Aber dann flüchtete sie schnell in ihr Mauseloch zurück. Im Herbst hatte die Maus fleißig Früchte und Körner gesammelt; jetzt schlief sie in ihrem gemütlichen Nest.

Das ist gut, dachte der verantwortliche Engel, wer schläft, sündigt nicht, und bezog die Maus nicht weiter in seine Überlegungen ein.

Nach getaner Arbeit kehrten die Boten Gottes in den Himmel heim. Ein Engel blieb im Stall zurück; er sollte der Mutter Maria in ihrer schweren Stunde beistehen. Damit aber keiner merken konnte, dass er ein Engel war, nahm er seine Flügel ab und legte sie sorgsam in eine Ecke des Stalles. Als die Mutter Maria das Kind gebar, war sie sehr dankbar für die Hilfe des Engels.

Denn kurz darauf kamen schon die Hirten, nachdem sie die frohe Botschaft gehört hatten sowie der Hütehund und die Schafe. Obwohl die Männer sich bemühten, leise zu sein und sozusagen auf Zehenspitzen gingen, klangen ihre Schritte doch hart und der Bretterboden knarrten. War es da ein Wunder, dass die Maus in ihrem Nest aufwachte?

Sie lugte zum Mäuseloch hinaus und hörte die Stimme "Ein Kind ist uns geboren ...", konnte aber nichts sehen.

Neugierig verließ sie ihren schützenden Bau und schon war die Katze hinter ihr her. Schnell wollte die Maus in ihr Mauseloch zurück, aber einer der Hirten hatte inzwischen den Fuß daraufgestellt. "Heilige Nacht hin oder her", sagte die Katze zu der entsetzten Maus, "jetzt krieg ich dich!" Und damit ging die wilde Jagd los. Die Maus in ihrer Angst flitzte von einer Ecke in die Andere, sauste zwischen den Beinen der Hirten hindurch, huschte unter die Krippe und die Katze immer hinterher. Zwischenzeitlich bellte der Hütehund und die Schafe blökten ängstlich. Irgendwo gackerte aufgeregt eine Henne.

Die Hirten wussten nicht recht was los war, denn eigentlich waren sie gekommen um das Kind anzubeten. Aber sie konnten ja ihr eigenes Wort nicht mehr verstehen, und alles rannte durcheinander: Es ging zu wie in Nazareth auf dem Wochenmarkt.

Als die Engel im Himmel das sahen, ließen sie buchstäblich ihre Flügel hängen. Es ist tröstlich zu wissen, dass auch so unfehlbare Wesen wie Engel nicht an alles denken. Das Mäuslein indessen befand sich in Todesangst. Es glaubte seine letzte Sekunde schon gekommen, da flüchtete es in seiner Not unter die Engelsflügel. Im gleichen Moment fühlte es sich sachte hochgehoben und dem Zugriff der Katze entzogen. Das Mäuslein wusste nicht, wie ihm geschah.

Es schwebte bis unters Dachgebälk, dort hielt es sich fest. Außerdem hatte es jetzt einen weiten Blick auf das ganze Geschehen im Stall.

Es schwebte bis unters Dachgebälk, dort hielt sie sich fest. Die Katze suchte noch ungläubig jeden Winkel ab, aber sonst hatte sich alles beruhigt.

Der Hütehund, bewachte die ruhenden Schafe. Die Hirten knieten vor der Krippe und brachten dem Christkind Geschenke dar. Alles Licht und alle Wärme gingen von diesem Kinde aus. Das Christkind lächelte der Maus zu, als wollte es sagen, "Gell, wir wissen schon, wen die Katze hier unten sucht". Sonst hatte niemand etwas von dem Vorkommnis bemerkt. Außer dem Engel, der heimlich lachen musste, als er die Maus mit seinen Flügeln sah. Er kicherte und gluckste trotz der hochheiligen Stunde so sehr, dass sich der heilige Josef schon irritiert am Kopf kratzte.

Es sah aber auch zu komisch aus, wie die kleine Maus mit den großen Flügeln in die Höhe schwebte. Das erstaunte Tier hing also oben im Dachgebälk in Sicherheit.

Und ihre Nachkommen erzählen sich noch heute in der Heiligen Nacht diese Geschichte. Macht ihnen die Speicher und Türme auf damit sie eine Heimat finden - die Fledermäuse - wie damals im Stall von Bethlehem.

Die Geschichte vom Weihnachtsosterhasen

Der Osterhase mümmelte gerade an einer großen Möhre als er es sich so richtig lang und bequem auf seiner Couch gemacht hatte.

Im Fernsehen lief gerade MTV, des Osterhasen Lieblingsnachrichtensender, die „Märchenwald News". Eine kleine Fee kündigte den neusten Bericht des Tages an:

Fairy Tale News,

wie unsere Reporterin aus dem finnischen Märchenwald aus gut unterrichteten Kreisen vermeldet, ist der Weihnachtsmann auch in der 46 Woche des Jahres nicht aufzufinden.

Unbestätigten Aussagen zufolge soll er schon mal des Öfteren Unpünktlichkeit und sogar Vergesslichkeit an den Tag gelegt haben. Frau Weihnachtsmann war zu einer Stellungnahme zu ihrem Gatten nicht zu bewegen und konnte uns auch nicht erklären wo ihr Mann derzeit verweile.

Vielleicht habe er ja wegen der Corona Krise hingeworfen oder reiß ausgenommen, schließlich gehöre er mit seinen immerhin fast zweitausend Jahren schon zur ersten Gruppe der Corona gefährdeten Personenkreises, der dann auch noch im Winter weltweit arbeiten müsste und vermehrt mit

Kindern und anderen potentiellen Gefährdern in Kontakt kommen könnte.

Böse Elfenzungen aus der Verpackungsbrigade des Weihnachtsmannes behaupten allerdings dagegen der Weihnachtsmann sei auf den Bahamas und mache einen wie immer verlängerten Jahresurlaub.

Der Vorsitzende des Elfenrates, sagte so schlimm war es noch nie mit ihm. Andere Stimmen behaupten für einen alten Mann wäre der Job in Zeiten von Corona auch viel zu gefährlich, und er solle endlich einen Nachfolger bestimmen. Die Gewerkschaft der Weihnachtselfen hat schon mit einem Flächenstreik gedroht und die Versorgung der Rentiere soll probeweise eingestellt werde.

Der Rat des Märchenwaldes, vertreten von Rumpel-stilzchen, der Zahnfee, dem Mann im Mond und dem Christkind beraten derzeit fieberhaft hinter den verschlossenen Türen des Hexenhauses, wie es weitergehen solle.

Laut dem Sprecher der Elfen sollte jetzt Anfang Oktober eigentlich die Arbeiten in der Weihnachts-manufaktur des Weihnachtsmannes beginnen. Vielleicht ist ja Kidnapping im Spiel, allerdings wurde eine Lösegeldforderung noch nicht gestellt. Man vermutet einen bösen Scherz des Grinch, dieser ist allerdings derzeit auch nicht auffindbar.

Der verwunschene Prinz, seines Zeichens als ermittelnder Kommissar Bär, im Wald im Einsatz, wollte aber auch diese Möglichkeit nicht außer Acht lassen und erwiderte auf die Frage der vermuteten Entführung, wir ermitteln in alle Richtungen und ich habe zur weiteren Hilfe noch

Schneeweißchen und Rosenrot hinzugezogen. Die haben schon die seltsamsten Dinge im Wald gefunden.

Wir halten sie auf dem laufenden. Dann schwenkte die Kamera herüber auf ein kleines schmächtiges Mädchen vor einer mächtigen Eiche neben dem Hexenhaus. Es berichtete für Sie live vor Ort, das Rotkäppchen.

Und jetzt Werbung. Die Kamera schwenkte nach links, auf die Oma des Rotkäppchens, die gerade begann für ein neues Kuchenrezept zu werben

„Ich fasse das nicht!"

Der Osterhase schüttelte den Kopf. Da hat man alles was man kriegen kann. Einen eigenen Schlitten, ganze Brigaden von Elfen, die einem bei der Arbeit helfen.

Lob Anerkennung. Man ist auf der ganzen Welt bekannt und beliebt und was macht der alte Mann?" Haut einfach ab. „Tz, tz, tz." Der Osterhase schüttelte verständnislos seinen kleinen Kopf mit den riesigen Hasenohren, die auch Löffel genannt wurden.

„Das sollte ich auch mal machen überlegte er laut. Ach was würde ich mir das auch wünschen!

Lob, Anerkennung, Rentiere die meinen Osterkarren ziehen." Er überlegte.

Nee das müssten schon Marienkäfer sein oder so. Ein ganzer Schwarm Marienkäfer, ein Riesenschwarm Marienkäfer und ich halte sie alle in der Spur. Ein flackern war in seinen kleinen listigen braunen Augen zu sehen.

„Doch wer nimmt mich schon Ernst! Immer dasselbe! Oh ist der Süß! Oh guck mal die lustigen Schlappohren! Oh schau nur der Süße Puschel! Nö, Nö, nö, ich hasse es der Osterhase zu sein!

Ich will auch mal Weihnachtsmann sein. Ich will, ich will, ich will! Er stampfte mit seinen großen Füssen -auch Klopfern genannt- auf dem Holzboden seiner Hütte auf in Ostereidorf in Niedersachsen auf.

Im Gegenteil man wird noch veräppelt mit bunten Eiern von Hühnern. Dabei ist es doch toll nach der Fastenzeit könnten die Kinder doch Süßes futtern ohne Ende aber nö, da muss ja erst das Zeug von Karneval weg.

Man, man, man. Nix macht mehr Spaß! Vielleicht sollte ich ja alles selbst futtern."

Er blickte zum Fenster raus. Der Himmel war grau und Schneewolken lagen in der Luft. Der Winter war recht früh gekommen.

Schon Anfang Oktober hatte es gestürmt und war kalt geworden. Der erste Schnee war in der ersten November-woche gefallen.

Heute war der 30. November. Ich könnte ja Urlaub machen, irgendwo wo die Sonne scheint, wo man warme Füße hat, wenn man ins Bett geht. Während er so überlegte, fiel ihm auf, dass er die letzten Jahre nie Urlaub gemacht hatte.

Kurzerhand klickte er im Internet herum und suchte einen Flug und ein Hotel. Schließlich ist der Osterhase auch nur ein Hase, und kein Zauberer der auf einem Schlitten oder sonst was sitzt. Sein Blick blieb an einer Insel hängen „Malediven" las er langsam Buchstabe für Buchstabe.

So langsam brauchte er eine Lesebrille, war er doch auch nicht mehr der Jüngste einer.

Ab 1. Dezember, das wär's. Und Rückflug, er klickte in das richtige Kästchen, zweite Januarwoche, nach Neujahr irgendwann, dann könnte er sich auch immer noch rechtzeitig um die Vorproduktion von Ostern kümmern. Bestätigen.

Er bestätigte und rieb sich die großen Löffel das machte er immer, wenn er zufrieden war. Manchmal konnte er auch wirklich kurzentschlossen sein. Heute Abend würde er sich noch einen schönen 1.Advent machen, die Kerzen, ein Feuer im Kamin und ein Topf voll Kinderpunsch würden es ihm wohlig warm machen. Gerade hatte er sich gemütlich zurückgelegt, da klingelte sein Handy.

„Nein ich geh nicht dran, ich bin schon weg!"

Es klingelte wieder. "Bin nicht da." Es klingelte wieder, hmm, arg. „So was Blödes."

Er konnte nicht anders und griff zum Handy, nie hat man seine Ruhe, murmelte er. „Hallo hier ist der Osterhase, aber eigentlich bin ich gar nicht da", antwortete er.

„Ja Hallo", tönte ein Stimmengewirr aus dem Hörer, hier sind die Elfen des Weihnachtsmannes". Wir.., alles rief durcheinander.

Moment, unterbrach der Osterhase. Nichts! Ruhe verdammt noch mal" brüllte er in den Hörer. Es war Mucksmäuschen still auf der anderen Seite. „Immer nur einer, sonst verstehe ich kein Wort."

Einen Moment lang war Gemurmel zu hören, dann kam ein hohes Stimmchen. Also wir sind die Elfen, ich bin Puschel der Oberelf des Weihnachtsmannes und wir haben ein Problem. Er ist immer noch nicht hier. Und wir vermissen ihn ja schon seit Mitte Oktober". Ich weiß, sagte der Osterhase, ich schaue auch Nachrichten. „Ja aber keiner weiß wo er abgeblieben ist".

Er hat auch seiner Frau nix gesagt und keine Urlaubsadresse hinterlassen".

„Und was habe ich jetzt damit zu tun?", fragte der Osterhase mit einem unguten Gefühl.

„Nun ja der Rat des Märchenwaldes lässt fragen -da du ja auch ein so toller Logistiker bist- ob du uns nicht beim Geschenkeverteilen dieses Jahr helfen könntest?

„Nö!" Aber, du bist der Einzige der uns und dem Rat eingefallen ist, rief ein Elf dazwischen, der weiß wie das geht…"

Einen winzigen Augenblick war der Osterhase ergriffen vor Glück und stumm vor Verblüffung. Dann begann er entrüstet das Angebot abzulehnen". Nö, Nö, Nö, und nochmal nö, rief er. Ich fahr in Urlaub.

Dieses Jahr fahr ich in Urlaub, MALEDIVEN buchstabierte er den Elfen, und noch mal MALEDIVEN, Sonne, warme Füße, Cocktails".

„Und außerdem, ich habe gar keinen Führerschein für Rentierschlitten!"

Die Elfen redeten alle wieder durcheinander und auf ihn ein und wie wichtig der Nikolaus doch wäre.

„Die Kinder wären sonst alle so enttäuscht und die langen Gesichter, wenn es keine Geschenke gibt".

„Habt ihr mal auf das Datum geschaut. Wie soll ich das den in sechs Tagen hinkriegen und überhaupt. Ich habe dieses Jahr schon genug gearbeitet".

„Der Rentierführerschein ist doch gar kein offizieller Führerschein und was nicht offiziell ist kann man auch nicht abgenommen bekommen, wenn man mal in eine Verkehrskontrolle gerät.

Und überhaupt wer blitzt schon den Weihnachtsmann, sagte Puschel, der Oberelf."

Nachdem Sie über eine Stunde diskutiert hatten und versprachen, seinen Urlaub zu bezahlen (sowohl den Ausgefallenen, als auch den für das nächste Jahr) war der Osterhase soweit und sagte zu.

Noch bevor er sein Telefon ausschalten konnte, hörte er Hufgetrappel auf dem Dach.

Die Elfen hatten ihm den Rentierschlitten des Weihnachtsmannes geschickt, damit er auf dem Weg zum Nordpol schon mal üben konnte.

Zum Glück hatten Sie daran gedacht, Pullover, Decken und ein paar warme Winterstiefel mitzubringen, sonst wäre der Osterhase vielleicht doch zu Hause geblieben.

Am Vorabend des Nikolaustags stapfte die kleine Lotta mit ihrem Bruder Jonte in die Küche zu ihrer Mutter, die gerade Weihnachtsplätzchen buk, wie es schien.

Es duftete nach Zimt und ein Hauch von Weihnachten lag in der Küchenluft. Lotta war sieben Jahre und ihr jüngerer Bruder gerade vier geworden.

"Mamma wann kommt der Nikolaus?"

„Wenn ihr brav ward kommt er heute Nacht! Warum fragst du Lotta, das weißt du doch!"

„Benny in der Schule hat gesagt den Nikolaus gibt es nicht und das Christkind auch nicht", erwiderte Lotta.

„Aber das stimmt doch nicht. Hast du deine Schuhe geputzt und sie vor dein Zimmer gestellt". Lotta nickte.

"Ja und die von Jonte auch. Aber Benny sagt, das ist gar nicht möglich, dass ein einzelner Mann alle Geschenke verteilt auf der Welt in einer Nacht und auch das Christkind kann das nicht".

„Ja aber dafür haben sie doch ihr Helfer. Die Elfen und Feen. Das weißt du doch".

„Bekommen wir einen Keks?" Die kleinen Ärmchen langten auf den Tisch.

„Nein jetzt nicht vor dem Essen. Außerdem sind das doch Haferkekse für die Rentiere, die sind doch gar nicht für Euch." „Und das Heu?"

„Ach das hast du nicht vergessen?" Lotta nickte. „Wie könnte ich", sagte sie laut.

Letztes Jahr war sie lange, lange aufgeblieben um den Nikolaus zu treffen. Sie wollte ihm persönlich den Weihnachtszettel für das Christkind mitgeben, doch irgendwann war sie eingeschlafen.

Mitten in der Nacht hatte sie ein Geräusch wahrgenommen, war hochgeschreckt und vorsichtig aus ihrem kleinen Kinderbett gestiegen.

Langsam hatte sie die Türe von ihrem Kinderzimmer geöffnet und vorsichtig um die Ecke gespäht. Doch nichts war zu sehen. Ihre geputzten Prinzessin Lillifeestiefelchen waren gefüllt, und dann sah sie es.

Stroh und Heu lagen überall auf dem Boden und der Treppe. Rasch lief sie auf den Flur ohne weiter auf den Boden zu achten und rief laut Mama, Papa er ist hier, hier im Haus,

Die Rentiere waren bis vor meiner Zimmertür doch schon war es passiert. In einem kurzen Augenblick hatte sie nicht aufgepasst und rutschte über ein Stück Stroh aus, dass sie übersehen hatte Rücklings fiel sie auf den Hinterkopf.

Als sie wieder die Augen öffnete zierte ein kleiner Turban ihre Wuschelmähne und ihr Kopf brummte.

„Sicher erinnere ich mich, sagte Sie nochmal laut zu ihre Mutter. Deswegen habe ich beschlossen diese Nacht auf dem Flur zu schlafen. Ich habe mir schon das kleine Wurfzelt vor die Tür gestellt und mein Bettzeug reingetan und eine Taschenlampe und meinen Weihnachtswunschzettel für das Christkind."

„So, so, sagte ihre Mutter, und du meinst dann kann so was wie letztes Jahr nicht mehr passieren?"

„Nö kann es nicht! Wenn du den Rentieren jetzt auch noch die Kekse draußen vor die Tür legst oder noch besser in den Garten, dann kann der Nikolaus seine Rentiere ja da parken!

„Meinst Du, erwiderte die Mutter, so hast du dir das also vorgestellt?"

Lotta nickte. Die Mutter blickte zu Jonte, dann zu Lotta. „Aber Jonte schläft in seinem Bett, der kommt nicht mit zu dir ins Zelt".

„Och, Mutti". Jonte will doch auch den Nikolaus sehen, nicht wahr? Sie stupste ihren Bruder in Seite. „Klaus sehen" sagte Jonte, und versuchte ebenfalls mit seinen Armen auf den Küchentisch die Kekse zu ergattern."

„Siehst du". „Guten Abend zusammen". Aus dem Hintergrund stand Lottas Vater in der Küchentür und hatte das Gespräch schon eine Weile verfolgt. Er hatte sich voriges Jahr geärgert, das ihm dieses Missgeschick unterlaufen war. Dabei hatte er sich wirklich leise verhalten, als er etwas Stroh und ein paar Möhrenschnipsel im Hausflur und auf der Treppe verteilt hatte.

Dann war ihm eingefallen, dass er vergessen hatte den Hasenstall richtig zu zuschließen. Es wäre nicht auszudenken gewesen, wenn eines der Tiere gefehlt hätte.

Leider war ihm die Tür aus der Hand geglitten und lauter zu geknallt als es sollte. Daraufhin war Lotta wach geworden und über eine kleine Pfütze ausgerutscht die sich in der Wärme gebildet hatte. als er mit seinem Schnee an den Schuhen im Flur alles verteilt hatte. Zum Glück war es ja glimpflich ausgegangen.

„Also junge Dame ich sehe das wie deine Mutter. Du kannst im Zelt schlafen und auf den Nikolaus warten, aber Jonte kommt dann diese Nacht zu uns ins Bett. Und wenn du ihn siehst, dann kommst Du uns wecken, aber leise und vorsichtig." Lotta nickte. „Ok aber ich bekomm noch ein paar Kekse und etwas Kakao".

„Auch das" rief die Mutter, aber jetzt ab ins Bad und bettfertig gemacht ihr zwei.

Schnurstracks liefen die beiden kleinen hoch und machten sich Bett fein.

Beide Kinder trugen ihren Schlafanzug und Lotta hatte darüber hinaus ihre Lieblingsstrickweste und ihren Lieblingspulli sowie eine lange Turnhose angezogen.

Ihr Vater hatte einen Schlafsack und zusätzlich eine Decke auf die Matratze gelegt damit sie besonders warm eingepackt war.

Nicht das jemand meint im Haus wäre die Heizung ausgefallen, aber Lotta bestand darauf, dass alle Fenster in der oberen Etage geöffnet blieben, damit sie auch sicher alles mitbekam was draußen vor sich ging.

Um zwanzig Uhr legte sie sich in ihr Zelt vor ihrem Kinderzimmer auf die Lauer. Doch nichts geschah. Sie würde es dem doofen Benny schon zeigen.

Nach etwa einer Stunde wurde es ihr richtig warm im Zelt. Sie pellte sich aus ihren Klamotten und legte sich im Schlafanzug wieder in den Schlafsack, die Decke legte sie beiseite.

Da war doch ein Geräusch, sie horchte auf, und der Schein der Taschenlampe kreißte gespenstisch an der Decke in der oberen Etage.

Nichts! Angestrengt blickte sie nach draußen. Ach das war der Fernseher. Gegen zweiundzwanzig Uhr gingen die

Eltern zu Bett. Beide gaben Lotta noch einen gute Nacht Kuss. Die Mutter hatte die Kekse in den Garten gebracht.

Es hatte zu schneien begonnen. Langsam und leise rieselte der Schnee unaufhörlich hinab und tauchte die Landschaft in weiße Watte. Das weiße Pulver schluckte jedes Geräusch. Nichts war zu hören.

Lotta fielen die Augen zu. Sie musste wach bleiben. Dann fiel es ihr ein. Sie hatte was Wichtiges vergessen, leise und bestimmt sprang sie auf, ging in ihr Zimmer und holte ihr Handy aus dem kleinen Nachttischchen.

Wenn der Weihnachtsmann kommen würde musste sie zumindest versuchen ihn zu fotografieren, egal wie schnell er war.

Rasch legte sie sich wieder in den warmen Schlafsack. Sie fröstelte. Wie spät es wohl war?

Ihr Blick fiel auf ihr Handy. Dreiundzwanzig Uhr. Sie schaute wieder hinaus, in das fahle Mondlicht. Unaufhörlich fielen die Flocken herab. Manche setzten sich auf der Fensterbank ab und Lotta begann zu zählen: eins, zwei, drei Flocken, vier. Ich muss wach bleiben. Doch es half nichts.

Langsam fiel sie in einen ruhigen Schlaf. Eine ganze Weile verging. Da war doch was. Lotta rieb sich die Augen, oh nein. Sie war doch eingeschlafen. Sie blickte auf ihre geputzten Stiefel. Sie waren leer.

Da war es wieder dieses Geräusch. Es kam von draußen. Jetzt war sie sich sicher. Der Nikolaus! Aufgeregt lief sie im Schlafanzug und Lieblings-pulli die Treppe hinunter und spähte vorsichtig durch die Glasscheibe der Haustür.

Keine Rentiere im Garten. Hmm. Ihre Augen gewöhnten sich schnell an die weiße Landschaft, haargenau beobachte sie den Garten. Da war es wieder das Geräusch. Leise öffnete sie die Tür.

Das Geräusch kam doch dort hinten vom Haselnussstrauch vor der kleinen Ginsterhecke. Stille. Vorsichtig blickt Lotta in die andere Richtung die Straße hinab. Sie wohnten am Ende einer Stichstraße im Wipperfürth in der ältesten Stadt im Bergischen Land. Da sie mit Ihren Eltern und ihrem Bruder das letzte Haus der Straße bewohnte konnte sie sie die gesamte Straße einsehen. Kein Schlitten da.

Da wieder das Geräusch. Diesmal war es eher ein Jammern oder wehklagen. Es konnte auch ein Fluchen sein, oder von allem etwas.

Angestrengt spähte sie zum Haselnussstrauch hinüber, dann sah sie es. Eine große rote Mütze, die sich bewegte, eindeutig. Der Nikolaus es gab ihn wirklich.

Instinktiv fasste sie an ihr Schlafanzughose um ihr Handy zu zücken, aber Schlafanzughosen haben nicht unbedingt Taschen, zumindest nicht die von siebenjährigen kleinen Mädchen.

Leise fluchte sie, wenn sie jetzt hoch lief war der Nikolaus weg, wenn sie blieb konnte sie ihn nicht fotografieren.

Sie hatte eine Idee. Vorsichtig und leise schlich sie sich an den Strauch heran; gleich hatte sie es geschafft. Die große rote Mütze nicht aus den Augen lassend schlich sie Schritt für Schritt heran und herum um den Strauch, dann sprang sie mit einem Satz aus ihrer Deckung und griff nach der Mütze.

Der Nikolaus wehrte sich heftig, sein roter Mantel hing etwas schlapp an ihm herab. Das war Lotta egal mit einem lauten „Uffz jetzt habe ich dich Nikolaus" ergriff sie mit der einen Hand die Mütze und mit der anderen den Mantel.

„Hilfe, Hilfe" rief der Nikolaus, lass mich. In dem Moment erschrak Lotta. Was hatte sie getan? den Nikolaus angegriffen?

Der Nikolaus verlor seine Mütze und fiel hin, da seine viel zu großen Füße in viel zu kleinen Schuhen steckten. Halb kämpfte er sich aus dem Mantel. Und entriss sich dabei der Hand von Lotta die nun vollends den Mantel in der Hand hielt.

Dann setzte sich der Nikolaus etwas von ihr ab um die Flucht zu ergreifen wie es schien, dabei hoppelte er auffällig wie ein Hase von dannen. Doch nach einem kurzen Augenblick -sah es so aus- als bliebe er wie angewurzelt stehen, dann fiel er um. Plumps mitten in den Schnee. Lotta eilte zu ihm herüber und setzte sich auf seine Brust. „Hab ich dich, sag mal wer bist du denn?"

Der Hase fing zu jammern und zu wimmern an. „Oje, oje, geh von mir runter bitte, bitte. Oh das tut so weh. oh was tut das so weh".

„Was tut denn weh" fragte Lotta und betrachtete sich den Hasen von oben bis unten. Wo tut es den weh?

„Na hier" und der Hase zeigte auf seinen dicken kugelrunden Bauch, der wirklich gewaltig vor stand."

„Ja was ist denn passiert, und wo ist denn der Nikolaus?" „Hör auf brüllte der Hase. Nikolaus. Ich kann den Namen nicht mehr hören".

„Ja was denn nun?" fragte Lotta noch mal etwas ungeduldiger. „Wer bist du denn jetzt?" „Na ich bin der Weihnachtsosterhase".

„Der wer? fragte Lotta und staunte nicht schlecht. „Na der Weihnachtsosterhase." „So, so und was machst du so hier, als Weihnachtsosterhase?"

„Na ich ergreife meine Chance," sagte der Osterhase. „Ich wusste nur nicht, dass es so schwer werden würde". „Ja was denn für eine Chance?"

„Mir ist kalt" sagte der Weihnachtsosterhase und Lotta und er deckten sich mit dem Mantel zu und saßen zusammen im Schnee.

Damit der Hase an den Ohren nicht fror, zog ihm Lotta die viel zu große rote Mütze wieder an.

„Erzähl" sagte sie, neugierig geworden, aber auch voller Mitleid. Sie warf einen kurzen Blick zum Haus rüber. Alle schienen zu schlafen.

„Alles fing vor sechs Tagen an", sagte der Osterhase. Zuerst habe ich mich überreden lassen den Weihnachts-mann zu vertreten, denn es gibt ja keinen besseren Ersatz als mich betonte er vorwurfsvoll, haben die Elfen vom Weihnachtsmann gesagt.

Dann musste ich einen Crashkurs machen jeden Morgen um fünf Uhr raus. Aufs Dach, üben. Rein in den Kamin, raus aus dem Kamin, über dem Dach abspringen, den Kamin treffen. Sechs Stunden lang. Dann Frühstück, zwei lächerliche Karotten, damit ich nicht zu dick werde und durch den kleinsten Kamin passe.

Dann die Theorie: „Kinderkunde!" Böse Kinder gute Kinder, verhalten im Falle des erwischt werden. Protokoll bla bla bla.

Oh Mann ich sag dir. Und dann, wie gehören die Geschenke verteilt? Wie packt man den Schlitten? Welche Geschenke wohin? Von wegen Sicherheitscheck und Lastenverteilung das auch nichts verloren geht.

Und dann überall diese Zettel und Anweisungen, wer bekommt welches Geschenk und wann wer zuerst. Wer bekommt was in die Stiefel, und auch bitte so, dass es passt.

Aber das Beste haben sich diese doofen Elfen zum Schluss für mich aufbewahrt.

Das Kostüm. War natürlich keine Zeit da was umzunähen oder umzuändern. Pölsterchen hier, und Pölsterchen da, und dann noch ein richtig tiefes Hohohoh hören lassen. Ich mit meinem Stimmchen Hohoho. Wie lächerlich.

Da habe ich dann beschlossen, den werde ich es zeigen. Und hier habe ich angefangen". Lotta staunte nicht schlecht, der Hase tat ihr leid.

„Womit hast du angefangen?", fragte sie.

„Na mit dem Verteilen der Süßigkeiten und den Geschenken". „Ja aber das ist doch gut."

„Hab ich anfangs auch gedacht, doch dann habe ich mir gedacht, was habe ich denn davon. Ich komm doch eh immer zu kurz. Und jetzt soll ich auch noch für den Weihnachtsmann die Kohlen aus dem Feuer holen. Nö hab ich mir gedacht, nö das machste dann doch nicht.

Ich bin dann wieder zurück in die Häuser, hab den Kindern die ganzen Süßigkeiten und das ganze Obst aus den Stiefeln gefuttert.

Sollen sie doch dieses Jahr nix kriegen vom Nikolaus, aber umso mehr dann vom Osterhasen. Ich mach ja jetzt eh keinen Urlaub und dann kann ich mit meiner Süßigkeiten Produktion auch gleich nach Weihnachten anfangen.

Nur jetzt habe ich so Bauchweh von dem ganzen Süß kram und dem Obst, ich glaub mich zerreißts gleich. Außerdem hatte ich einen Mordshunger, zwei Karotten am Tag was ist das denn, das ist nix, sag ich dir".

„Aber du kannst doch nicht den Kindern Weihnachten so ruinieren. Was sollen die denn vom Nikolaus denken?"

„Mir egal", sagte der Weihnachtsosterhase. Dann werden sie Ostern noch mehr lieben und den Osterhasen wieder mehr respektieren.

„Du bist voll süß, wenn du dich so aufregst", sagte Lotta in diesem Augenblick.

„Ich hasse es süß zu sein, brüllte der Weihnachts-osterhase, ich hasse es überhaupt der Weihnachts-osterhase zu sein, ich hasse die Elfen, ich will wieder nach Hause, mir ist kalt und augenblicklich fing der Hase an zu bibbern an und Lotta bemerkte das er schon leicht blaue Vorderläufe bekam."

„Wenn du ganz leise bist können wir zu uns ins Haus gehen", sagte sie, und stütze den Hasen auf dem Weg durch den Garten ins Haus.

Immer mehr jammerte er über Bauchweh und mit jedem Schritt verlor er hinten kleine Hasenköttelchen die eine irre Spur im Schnee zeigte.

Während sie sich aufwärmten überlegten sie gemeinsam wie sie die Situation retten könnten.

Einerseits musste eine Lösung für den Hasen gefunden werden und andererseits mussten die Kinder irgendwie ihre Süßigkeiten wiederbekommen.

Lotta redete eindringlich auf den Hasen ein dem es in der Wärme sichtlich besser ging. Er bekam wieder eine gesunde Bräune an den Läufen und wärmte sich am warmen Backofen den Lotta leis angemacht und die Backofentür geöffnet hatte.

Dann schlich sie ganz still durch das Haus und sammelte alles Obst und alle Süßigkeiten ein, das sie finden konnte. Und da war noch einiges. Die Weihnachtstüten von der Weihnachtsfeier vom Turnverein und vom Fußballverein. Die Tüten vom Männerchor ihres Papas.

Sie plünderte den großen Obstteller im Wohnzimmer und stibitzte die Hälfte der Plätzchen in der Vorratskammer der Küche.

Auf dem Küchentisch türmte sich ein beachtlicher Haufen Obst, Gebäck und Schokolade. Dann stupste sie den Weihnachtsosterhasen an.

„Das verteilen wir jetzt wieder in unserer Straße". Hier wohnen zehn Kinder ohne uns, das dürfte reichen um die Stiefel wieder zu füllen". Der Hase nickte.

Er hatte über seine Taten nachgedacht und war zu dem Entschluss gekommen die Arbeit des Weihnachtsmannes zu beenden Er war schließlich der Osterhase, ein Hase mit Ehre.

„Das dauert aber", sagte der Weihnachtsosterhase laut. „Warum denn", fragte Lotta? „Na, ich habe das Wendemanöver am Ende der Straße hier verbockt, weil ich ja so vollgefuttert war und bin aus dem Schlitten geplumpst und bei euch dann hier im Garten gelandet". Dann gehen wir halt zu Fuß, sagte Lotta.

Zusammen packten sie die Sachen auf den kleinen Schlitten von Lotta und verteilten leise und heimlich alle Süßigkeiten in den Stiefeln der Kinder in der Memellandstrasse in Wipperfürth.

Gerade als sie fertig waren und wieder vor Lottas Haus standen, vernahmen beide einen hellen glockenklaren Klang vieler feiner kleiner Glöckchen, wie sie ihn nur die Rentiere des Nikolauses tragen. Laut war ein Hohoho zu vernehmen und der Schlitten bremste genau im Garten vor den Haferkeksen, die Lottas Mutter dort hingelegt hatte.

"Hallo", sagte Rudi das erste Rentier, er war an seiner roten Nase gut zu erkennen. „Hallo" sagte Lotta ganz verdutzt.

„Danke für die Haferkekse", sagte Rudi und warf die Kekse einen nach dem anderen hinter sich wo die Kumpels sie direkt mit dem offenen Maul auffingen und aßen.

Dann scharrten sie schon mit den Hufen und der Schlitten setzte sich in Bewegung wie von Geisterhand bewegt.

Hohoho ertönte es laut und Lotta sah wie der Hase mit dem Schlitten und dem Nikolaus Richtung Himmel verschwanden.

Am nächsten Morgen, wachte Lotta vor ihrem Zimmer in ihrem Zelt wieder auf.

Jonte saß ihr gegenüber mit einem prallgefüllten Stiefel und auch ihre beiden Prinzessin Lillifee Stiefel waren zum Bersten gefüllt.

Ihr Vater kam unten im Hausflur die Tür hinein und hielt etwas undefinierbares Dunkles in seinem Handschuh. Unverkennbar Hasenköttel rief er zu seiner Frau in der Küche.

Komisch draußen ist eine ganze Spur davon, die führt direkt zu unserer Haustür, gut zu sehen im Schnee, seltsam. Ich habe die Hasenställe aber schon kontrolliert. Sind alle da.

Dann blickte er nach oben und sah auf Lotta. Und meine kleine Maus hast du ein Foto vom Weihnachtsmann gemacht?

Lotta rieb sich nochmal die Augen, blickte sich um, sah auf ihr Handy das ausgeschaltet im Zelt lag.

„Nö habe ich nicht, aber dafür habe ich den Weihnachtsosterhasen kennengelernt. Es gibt nämlich gar keinen Weihnachtsmann, glaub ich".

Aber einen Weihnachtsosterhasen, so, so sagte ihre Mutter, blickte kurz aus der Küche, grinste und sagte dann erzähl uns doch mal die Geschichte vom Weihnachtsosterhasen beim Frühstück, oder hast du keinen Hunger junge Dame?

Und mit einem Schwung packte sich Lotta ihren kleinen Bruder auf den Arm und lief nach unten und begann zu erzählen und zu erzählen. Tja, was soll ich sagen. Während Lotta so erzählte, saß der Osterhase auf seiner Couch, kaute auf seiner Möhre herum, die er sich redlich verdient hatte, und buchte seinen Urlaub im Internet.

Im MTV lief gerade die Festnahme des Grinchs; war er doch wirklich so dreist gewesen den Nikolaus in einer Schneehöhle des Yeti zu verstecken und einzusperren. Aber wie hatte der weise verzauberte Prinz, Kommissar Bär gesagt, Schneeweißchen und Rosenrot finden jeden und alles und so war es auch diesmal.

Gerade noch rechtzeitig, will man wohl meinen. Das war ihr Rotkäppchen live aus dem Märchenwald und nun zur Großmutter.

Der Osterhase schaltete das Licht aus. Er war hundemüde, legte seine großen Löffel über die Augen und schlief direkt ein.

Weihnachtsmann war ihm definitiv zu aufregend dachte er noch bei sich. Dann träumte er von den MALEDIVEN.

Malt doch mal Euer eigenes Weihnachtsosterhasenporträt!

Lukas der Weihnachtsengel 2019 für meine Oma

Oma Elli war schon sehr früh aufgestanden. Der Kaffeedurst trieb sie wie immer häufiger in den letzten Jahren recht früh aus dem behaglichen und warmen Bett. Ein kurzer Blick auf den kleinen liebgewonnen Wecker den ihr Ur-Enkel Daniel vor einigen Jahren geschenkt hatte zeigte ihr viertel vor Sechs in der Frühe an.

Voller Elan und Tatendrang hüpfte sie aus dem Bett und wunderte sich selbst darüber, dass sie so schmerzfrei und ohne Beschwerden, den ihr sonst der Ischias bereitete, aufstehen konnte. Das wird aber heute ein richtig guter Tag schoss es ihr durch den Kopf, so ohne Schmerzen. Mit ihren Sechsundsiebzig Lenzen ging sie fröhlich pfeifend ins Bad.

Während Sie so in ihrem Badezimmer herumwerkelte und die tägliche Morgentoilette abhielt schweiften ihre Gedanken unvermittelt ab zu ihrem schon seit ewigen Zeiten verstorbenen Mann Karl.

Sie überlegte ernsthaft wie lange das jetzt her war das er vor ihr den Weg alles Irdischen gegangen war, aber so sehr sie sich auch anstrengte, es wollte ihr partout nicht mehr einfallen. Sie beschloss nach dem Kaffee ein paar von den alten Schuhkartons aus dem Keller zu holen und die alten Fotos hervor zu kramen. Dabei fiel ihr das sicher wieder ein.

Auf diesen alten Aufnahmen waren ja auch zum Teil noch die Daten leserlich auf dem Bildrücken gedruckt wann die Kamera das Bild aufgenommen hatte. Es war aber auch echt so was von vermaledeit, wenn man sich nicht mehr so recht erinnern wollte. In letzter Zeit war ihr das schon öfters an ihr aufgefallen, dass sie wichtige Dinge und Namen einfach vergaß. Es war als hätte sie stattdessen schwarze oder weiße Flecken im Kopf die sich nicht mehr mit Erlebten und Gesagten füllen ließen.

Sie erblickte sich im Spiegel und ihre Augen wurden feucht. Tut mir leid Karl, sagte sie zu ihrem Spiegelbild. Um wieder ein wenig auf andere Gedanken zu kommen schaltete Sie das kleine Radio ein, welches sie zusammen mit einem CD-Player am letzten Weihnachten bekommen hatte. Es konnte auch Ostern gewesen sein.

Auf jeden Fall hatte ihre Schwiegertochter mit dem Ding vor ihr gestanden und gemeinsam mit ihrem Enkel hatten sie versucht ihr zu erklären, wie dieses wahnsinnig laute und krach machende Ding denn funktionierte. Sie hatte sich sehr gefreut darüber, doch wie der Besuch weg war hatte sie das Ding ausgemacht und später dann nicht mehr so richtig anbekommen.

Über diese kleinen Scheiben die man da in den Schlitz stecken konnte allerdings da freute sie sich sehr, waren sie doch viel handlicher als die alten Schallplatten und auch viel bunter. Doch wie und wo sie auch drückte es kam kein Ton raus. So gerne hätte sie die Weihnachtschoräle gehört die die Kinder ihr geschenkt hatten. Aber die Hülle, die Hülle hielt sie ab und an in der Hand las sie die Überschriften der Lieder darauf und summte leise vor sich hin.

Wie das Radio an dem Gerät anging das hatte sie sich allerdings behalten. Sie war ja nicht von gestern. Es war ja auch wichtig immer auf dem Laufenden zu bleiben, der Fernseher tat es schon länger nicht mehr. Sie schüttelte den Kopf wie sie so darüber nachdachte. Hatte sie nicht schon vor einem halben Jahr einen Techniker dafür bestellt.

Sie war fertig mit ihrer Morgentoilette zog sich etwas umständlich ihren seidenen Morgenmantel über und schlurfte langsam und behände in die Küche. Keine Schmerzen dachte sie und freute sich des Lebens.

Aus dem Radiogerät dudelte Weihnachtsmusik. Ein Sprecher verkündete die sechs Uhr Frühnachrichten und wünschte allen heute am Weihnachtstag und an den kommenden Feiertagen eine wunderschöne Weihnacht.

Weihnachten dachte Oma Elli. Ach wie wäre das schön sie noch mal alle zu sehen und mit ihnen Weihachten feiern zu können. Seit geraumer Zeit hatte sie ihre Enkel und Urenkel schon nicht mehr gesehen. Ihre Schwiegertochter trauerte immer noch nach dem Verlust ihres Mannes und Ellis Sohn.

Ja es ist immer schwierig, wenn die Kinder vor einem gehen müssen. Sie schickte ein kurzes Stoßgebet Richtung Himmel indem sie beim Beten kurz nach oben schaute, bekreuzigte sich kurz und rief dann laut: „Du hast mich schon verstanden! Ich bin dir nicht gram, ich baue auf das Gottvertrauen, aber es fühlt sich nicht richtig an. "Hörst Du – Nicht richtig".

Sie hatte vollstes Vertrauen in den lieben Gott und ging auch jeden Samstagabend regelmäßig in die Messe und betete für Ihre Lieben. Für alle die sie kannte und gekannt hatte.

Es würden dann wohl doch nicht so schöne Weihnachten werden dachte sie sich, schließlich hatte sich noch niemand bei Ihr gemeldet oder sie eingeladen, so wie das in den letzten Jahren der Fall gewesen war. Ihre Geschwister hatte sie auch schon lange nicht mehr; geschweige denn ihre nächsten Freunde oder Ihre beste Freundin, die Ruth und ihr Mann Wilhelm. Alle hatte der da oben schon zu sich gerufen.

Ihr Herz füllte sich mit einer tiefen Traurigkeit und schlimme Einsamkeit schien es verkrampfen zu lassen. Manchmal fragte sie sich, ob der liebe Gott sie einfach nur vergessen hatte oder wie lange es noch dauern würde bis er sie zu sich rief.

Während Sie so darüber Trübsal blies befüllte sie langsam die Kaffeemaschine mit Wasser und holte einen Filter aus dem Schrank. Sie begann ihn ordentlich an der dafür vor gesehenen Falz zu falten und steckte ihn vorsichtig in den Kaffeefilterbehälter. Sie schüttete drei Löffel Kaffeepulver in den Filter und stellte die Maschine an. Es blubberte, etwas Dampf entfleuchte mit einem leisen zischen der Kaffeemaschine

Alleine sein war nicht schön, dachte Sie und schüttelte wieder den Kopf. Wieder kullerten ein paar Tränen die Wangen hinab. Flugs eilte sie in den Flur an die Kommode auf der wie immer ein Päckchen mit Taschentüchern lag. Sie tupfte sich die Tränen weg, blickte tapfer in den Flurspiegel der über der Kommode hing und lächelte.

Vielleicht passiert ja noch ein Weihnachtswunder, dachte sie.

Kaffeeduft stieg ihr in die Nase. Es klingelte. Nanu wer kann das denn sein, so früh am Morgen.

Ihre Augenlider waren noch etwas schwer, die Wangen glänzten noch etwas feucht. In der linken Hand hielt sie das kleine weiße Tuch fest umschlossen. Der Postbote vielleicht, vorsichtig öffnete Sie die Wohnungstür. Ein Junge stand dort. Schmächtig, fast zart und zerbrechlich wirkte er.

Klein war er, mit blonden Haaren und aus seinem zierlichen Gesicht blickten Oma Elli die schönsten himmelblauen Augen an die sie je gesehen hatte. „Ja sagte Oma Elli" und wischte sich schnell eine kleine Träne von der Wange die nachgekullert war.

Ich bin Lukas erwiderte der Junge höflich. „Lukas, fragte Oma Elli", und dachte daran, dass es der kleine Sohn der neuen Nachbarn sein könnte die erst vorige Woche in die oberste Etage unter das Dach ins Haus gezogen waren. „Ja Lukas 2019" lächelte der Junge.

„Was bedeutet das" fragte Oma Elli, Lukas 2019? „Ich bin Lukas 2019, weil ich der erste Lukas in 2019 bin der in den Himmel gekommen ist und dort das Licht erblicken durfte, antwortete Lukas!"

Oma Elli sah ihn mit festem Blick in die Augen, verzog keine Miene. Sie glaubte an einen bösen Streich ihrer Enkelkinder, die es noch nie so genau gehalten hatten mit

Gott und der Kirche. „Sie haben gesagt ich soll dich abholen kommen, Elli! Du bist mein erster Auftrag musst du wissen"-

„Wer hat das gesagt, fragte Oma Elli zurück". „Nun Karl, dein Mann, Karl–Heinz dein Sohn, Tante Lucinda, Deine Freundin Ruth und ihr Mann Wilhelm. Sie alle warten auf Dich". „Und wie soll das gehen?" fragte Oma Elli ungläubig. „Es ist ganz einfach" sagte Lukas. „Schließe einfach deine Augen und nimm meine Hand Elli". Oma Elli glaubte nicht so recht was hier geschah, aber sie tat wie geheißen.

„Mach deine Augen wieder auf" rief Lukas einen Augenblick später". Sie öffnete Ihre Augen und sah in die Runde. Sie glaubte einem Trugbild aufzusitzen, rieb sich verwundert die Augen und kniff sich in den Arm. Autsch!

Elli riss sich von Lukas Hand fort und stand in einem festlich ausstaffierten Saal, der voll mit Menschen war, die an den gedeckten Tischen und festlich geschmückten Tafeln saßen, aßen und sich unterhielten. Sie lachten und feierten. Ein großer prachtvoll geschmückter Christbaum stand in einer Ecke der so herrlich leuchtete das das Kerzenlicht sie fast zu blenden schien.

So etwas Wundervolles wie in diesem Augenblick hatte Oma Elli ihren Lebtag noch nicht gesehen. Diese Wärme und Harmonie die alles Ausstrahlte. Es war wundervoll. Und dann passierte es. Von überall her strömten sie auf sie zu standen von den Tischen auf, begrüßten sie, nahmen sie an die Hand und holten sie sich zum Feiern in ihre Mitte an die schönste gedeckte Tafel die sie je gesehen hatte.

Lauter bekannte Gesichter saßen dort. Ihr Sohn Karl-Heinz saß neben ihrem Mann. Daneben zwei Stühle weiter auf der anderen Seite saß Ruth und rief ihr von gegenüber zu und lachte. Ihr Tante Lucinda jonglierte mit ein paar Orangen um den Tisch herum, wie sie das als Kind schon immer gemacht hatte, zur Freude aller, bis sie herunterfielen. Dann drückten sie sich und herzten sie sich, weil sie sich so lange schon nicht mehr gesehen hatten.

Ihre Schwester Margot und Esther saßen dort, die sie im Krieg verloren hatten. Elli freute sich so sie alle wieder zu sehen; ihr Herz machte nur riesige Freudensprünge. Alle winkten ihr zu als sie die gastliche Tafel wieder verließ. Sie hatte Tränen der Freude in den Augen. Es war das schönste Weihnachtsfest das Oma Elli je gefeiert hatte.

Sie schluchzte immer noch aber nicht aus Gram, oder weil sie sich Ihrer Tränen schämte, nein es waren Freudentränen die sie vergoss, hatte der lieb Gott sie doch erhört. Da war es das Weihnachtswunder, sie hatte es immer erhofft.

Zu vorgerückter Stunde ging Oma Elli zu Lukas zurück der geduldig in einer Ecke des Saales am Eingang gewartet hatte. Ich danke Dir aus tiefstem Herzen das Du mir noch einmal dieses schönste aller Gefühle gegeben hast. Dieses Gefühl nicht alleine zu sein und dieses Glückselige Empfinden welches du mir in diesem Augenblick geschenkt hast. Aber bringe mich nun bitte wieder Heim, es ist genug. Wenn es am schönsten ist sollte man aufhören.

Lukas sah sie mit seinen wunderschönen himmelblauen Augen an und sagte: „Nein Oma Elli. Dein zu Hause ist jetzt hier, bei uns im Himmel".

Ich habe dich da unten abgeholt, weil deine Zeit dort abgelaufen ist. Du bist jetzt für immer hier bei uns im Himmel und wirst es auch bleiben. Er lächelte dabei wie nur Engel lächeln können".

Elli brachte kein Wort mehr hervor. Lukas wischte mit seinem linken Arm die Wand beiseite und Elli sah von oben hinab aus den Wolken auf ihre kleine Wohnung.

Die Kaffeemaschine dampfte und ihr Enkel Andreas schloss gerade die Tür auf und fand seine Großmutter auf dem Boden liegend mit einem Lächeln im Gesicht einer Träne, die ihr geradeüber die Wange zu rinnen schien und einem weißen Taschentuch in der linken Hand.

Oma Elli aber lächelte sanft, küsste Lukas auf die Stirn und gemeinsam gingen sie zurück an die Tafel, die für Sie bereitet war.

Happy Birthday Jesus Christus

Diese kleine Geschichte fängt an wie alle Geschichten eigentlich beginnen sollten. Mit es war einmal….

Es war einmal ein Engel. Wisst ihr was ein Engel ist? Engel sind die Helfer Gottes. Sie sind Wesen die oben im Himmel alles regeln. Sie leben in den Wolken und darüber und darunter gerade wie es ihnen am liebsten gefällt. Sie sind einfach überall. Sie tragen weiße Gewänder und haben Engelsflügel die auf dem Rücken wachsen, und mit denen Sie fliegen können.
Sie fliegen Tag und Nacht ein und aus. Alle Engel haben lange blonde Haare. Von einem dieser Engel möchte ich euch heute erzählen. Er heißt Daniel.

Daniel wohnt wie übrigens alle anderen Engel auch in einem Haus aus Wolken in Gottes Haus. Direkt neben dem Eingang zum Himmel, deswegen lautet die Adresse auch „An der Himmelspforte Eins bis unendlich".

Daniel ist ein ganz normaler kleiner Junge in einem weißen Kleid und er hat Flügel. Wenn man genau hinschaut kann man dieses riesengroße Weiße Haus von der Erde aus betrachten. Es liegt direkt neben der Himmelspforte.
Täglich blicken sie auf uns herab und sehen zu, dass uns nichts passiert. Ok, die einen mehr die anderen weniger. Im Himmel selbst herrscht stets schönstes Wetter. Niemand leidet Hunger oder Durst. Es ist nie zu kalt oder zu warm.

Engel werden wie von Geisterhand immer satt und haben auch niemals Durst. Sie sind auch nie müde oder streiten. Im Gegenteil. Sie sind fröhliche Gesellen und singen den ganzen Tag, selbst die, die nicht singen können und das ist manchmal sogar im Himmel ein Problem.

Engel singen sehr gerne müsst ihr wissen. Meistens fliegen Sie wie wild hin und her zwischen den Wolken und dabei singen sie die wunderschönsten Lieder und Lobpreisungen für Gott, aber auch für die Welt. Dabei sind die Engel einfach nur glücklich.

Daniel. der einer der kleinsten Engel unter ihnen war, konnte aber besonders schön und klar singen. Seine Stimme hatte einen Glockenklaren hellen Klang und wenn er anfing ein Lied anzustimmen hörten alle anderen Engel auf mitsingen, nur um seiner liebreizenden Stimme und dem wohltuenden Klang zu lauschen.
Daniel freute sich, dass die anderen Engel seinen Gesang so schön fanden und so sang und sang und sang er.
Jedes Mal, wo er auch rumflog hoch in und über den Wolken. Eines Tages, niemand wusste wie und warum plumpste Daniel aus dem Himmel herunter. Ja er fiel fast herunter. Vom Himmel auf die Erde hinab.

Nur mit aller größter Mühe konnte er einen unkontrollierten Absturz vermeiden, indem er sich in den Ästen der Bäume festhielt, die ihm entgegenkamen und in denen er langsam weiter gen Erde plumpste. Autsch ratsch, hupps, hoppla rums, plumps. Endlich saß er unter einem kleinen Kiefernbäumchen mitten in tiefster Finsternis.

Vor lauter Singerei hatte Daniel vergessen die Flügel zu bewegen und so saß er nun etwas benommen und bedröppelt auf dem Boden. Es war sehr dunkel und mitten in der Nacht.

In seinem dünnen Gewand fror Daniel recht schnell, denn es war mitten im Winter. Er rieb sich den Kopf, den eine kleine Beule zierte, die er sich beim Anlanden an der Kiefer, die seinen Sturz abgemildert hatte, zugezogen hatte. Nicht dass es irgendwie wirklich wehgetan hätte. Es war nur mehr so eine Art Reflex gewesen. Engel können sich nicht weh tun. Er fror auch nicht wirklich. Aber zum ersten Mal spürte er etwas vor dem die anderen Engel ihn immer gewarnt hatten.

Das Dunkel der Nacht, die Einsamkeit, er fühlte sich ganz alleine auf dieser Erde und er hatte Angst. Ganz allein saß er dort am Waldesrand und überall lag weißer Schnee und die Flocken fielen dichter und schneller herab, als er sie zählen und sehen konnte.

Plötzlich vernahm er in der Nähe ein Geräusch. Es kam aus dem Wald heraus. Stimmen hörte er von Kindern, so kam es ihm zumindest vor. Angestrengt blickte Daniel in den Wald, aber so sehr er es auch versuchte es war nichts zu erkennen in diesem dichten Schneegestöber. Da wieder, er täuschte sich nicht, der Wind trug die Stimmen von Kindern zu ihm heran. Daniel erkannte Kinder; auch im Himmel gab es welche. Sie wurden Engelkinder genannt. Er wunderte sich, wusste er doch, dass Kinder auf der Erde nachts normalerweise schliefen und das taten sie bekannter maßen in ihren Bettchen. Daniel wusste, dass Kinder so spät in einem Wald nichts verloren hatten, also stand er auf und machte sich auf die Suche nach den Kindern. Dabei half ihm sein kleiner Heiligenschein der ihm das Gelände erleuchtete und ihn schnurstracks zu den Kindern führte.

Alle Engel haben übrigens einen Heiligenschein müsst ihr wissen. Im Himmel sieht man ihn nur nicht so gut, da die Kraft Gottes alles ausleuchtet.

Plötzlich konnte er sie stehen sehen. Ein Junge und ein Mädchen. Sie standen neben einem Tannenbaum der sehr viel größer war als Sie selbst. „Was macht ihr hier?" fragte Daniel, der Engel. Langsam kam er näher, er lächelte und mit jedem Schritt, den er auf die Kinder zuging, verflog seine Angst. Ganz ruhig sprach er auf die Beiden ein, ohne zu wissen, ob sie ihn überhaupt sehen oder verstehen konnten.

Wenn Sie nun Angst bekämen und noch weiter in den Wald rannten. Daniel wollte gar nicht erst darüber nachdenken. Doch sie hatten keine Angst vor ihm. Vor einem Engel muss man auch keine Angst haben.

„Wir brauchen noch einen Weihnachtsbaum" sagte der Junge und der fest entschlossene Blick zeigte Daniel, dass er ihn wohl sehen konnte. Das Mädchen nickte. „Ja" sagte sie dann. „Einen Weihnachtsbaum. Morgen ist doch Weihnachten und wir haben noch keinen. Vater ist arbeiten und hat keine Zeit und Mutter liegt die meiste Zeit im Bett, denn sie ist schwer krank".

Daniel stand nur still da und blickte wohl etwas dumm aus der Wäsche, um es einmal salopp zu formulieren.

„Weihnachtsbaum? Weihnachten" fragte er. Daniel wusste gar nicht was damit gemeint war. „Du hast ja Flügel rief das Mädchen erstaunt und ohne Scheu. Bist du ein Engel?" fragte Sie.

„Ja" sagte Daniel. „Und ihr seid Menschen?" Da lachten die Kinder. „Sicher sind wir Menschen und fanden es ganz normal sich mit einem Engel zu unterhalten und ihn sehen zu können".

„Was ist denn ein Weihnachtsbaum und wofür braucht ihr so einen Baum?" fragte Daniel. „Ich sehe da nur eine Tanne!" Die beiden Kinder blickten sich erstaunt an und dann auf Daniel.

„Sag bloß, du weißt nicht, dass Morgen Weihnachten ist, sagte das Mädchen. Weihnachten da wurde das Christkind geboren, der Sohn Gottes. Jesus.

Weihnachten ist wie sein Geburtstag. Gott hat uns seinen einzigen Sohn geschenkt. Und ihm zu Ehren schenken wir uns jedes Jahr an Weihnachten auch etwas. Und weil es mitten im Winter dunkel ist und kalt, stellen wir Alle einen Weihnachtsbaum auf von dem der Stern von Bethlehem herableuchten kann, uns den Weg zur Krippe zu zeigen". „Die steht dann meist unter dem Baum", sagte der Junge.

Daniel staunte, "Jesus hatte morgen Geburtstag, der Sohn vom Chef" fragte er. Das kann doch nicht wahr sein. Wir im Himmel feiern nie Geburtstag. Wir, wir, er stotterte. Wir waren einfach schon immer. Er begann unter seinem heiligen Schein zu schwitzen. „Ich wusste das gar nicht" stammelte er. Neugierig betrachtete Daniel die Tanne.

„Die sieht bestimmt schön aus, mit funkelnden Kerzen und dem heiligen Stern oben auf, sagte er". Beide Kinder blickten plötzlich sehr traurig drein. „Eigentlich kauft man sich so einen Baum ja, doch wir sind arm. „So ein Baum ist ganz schön teuer musst du wissen. Unser Taschengeld reicht nicht. Außerdem hat eigentlich auch niemand mehr so richtig Zeit für Weihnachten. Weder für uns, geschweige denn um so einen prachtvollen Baum zu besorgen", sagte das Mädchen. Unsere Eltern wollen gar keinen Weihnachtsbaum kaufen. Alles Humbug hat Papa ge-schimpft." Deshalb sind wir in den Wald gegangen und wollten heimlich einen Baum absägen. Wir wissen, dass das verboten ist, aber wir wollten doch Weihnachten haben."

Sie drehten sich verlegen auf der Stelle herum, auf ihren dünnen, kaputten Schuhen, aus denen vorne die kleinen schon fast blau gefrorenen Zehen hervor-lugten die Sie im Schnee hin und her bewegten. Dabei schauten beide ganz beschämt auf den weißen Waldboden. Leise tanzten die Schneeflocken zwischen ihnen hin und her. Sie zitterten am ganzen Leib und erst jetzt bemerkte Daniel, der Engel, die viel zu dünne und zerlumpte Kleidung der beiden Kinder. Mit Flicken besetzt und löchrig obendrein. Während Daniel sie so betrachtete wurde sein Herz ganz traurig. „Eigentlich ist es ja verboten das mit dem Baum!"
Der Junge nickte, „aber absägen klappt sowieso nicht, ich schaffe das nicht, ich hab`s versucht. Wir sind zu schwach".
Daniel dachte nach, er wollte den Kindern helfen und er wusste auch schon wie.

„Ich bringe euch jetzt erstmal nach Hause, sagte er. Eure Eltern machen sich sicher schon sorgen und ich verspreche euch: ihr werdet einen Weihnachtsbaum bekommen". Mit seiner rechten Hand packte er den Jungen und mit seiner Linken das Mädchen und dann flog er auf direktem Wege hinaus aus dem Wald. Wie von selbst fand er den Weg den ihm der Heiligenschein ausleuchtete.

Als er die erstaunten Kinder vor der Haustüre absetzte blickten Sie gemeinsam in die matt beleuchtete Wohnstube, wo ihre Eltern verzweifelt warteten. Man konnte den Zweien ansehen, dass sie sich große Sorgen um ihre Kinder machten, leise weinend saß die Mutter am Küchentisch und machte sich Vorwürfe. Der Vater zuckte hilflos mit den Armen, auch er hatte Tränen in den Augen stehen.

„So nun geht rein geschwind", sagte Daniel und schob beide Kinder zur Haustüre hinein die sich wie von selbst öffnete.

Die beiden liefen in die warme Wohnstube umarmten ihre Eltern und im Hintergrund stand wie konnte es anders sein ein festlich geschmückter Weihnachtsbaum, mit silbernen Lametta behangen, einer großen Krippe darunter und einem prachtvollen Weihnachtsstern auf der Spitze der alle Kerzen im Baume noch zu überstrahlen schien. Der Strahl des Sterns zeigte genau auf das Kind in der Krippe. Daniel lächelte. Ja, manchmal können Engel sogar zaubern.

Die Eltern herzten ihre Kinder und alle waren froh und glücklich miteinander. Daniel flog so schnell er konnte zurück in den Himmel. Wie der Wind sauste er los und schon von weitem sah er, dass das Himmelstor verschlossen war. Er begann aus Leibeskräften eins seiner schönsten Lieder zu singen und sofort wurde im aufgemacht. Stellt euch vor, er hatte eine Tanne dabei. Einen Weihnachtsbaum. Ein Geschenk für Jesus Christus, Gottes Sohn.

Zu Weihnachten, zu seinem Geburtstag, denn der sollte endlich auch einmal im Himmel gefeiert werden.

Und mit einem jauchzenden Happy Birthday Jesus Christus übergab er einen kleinen festlich geschmückten Weihnachtsbaum dem Sohn Gottes.